CD

Crapule, le chat

Nicole M.-Boisvert

Illustrations de Leanne Franson

COLLECTION

SAUTE-MOUTON

ÉDITIONS
MICHEL
QUINTIN

Données de catalogage avant publication (Canada)
Boisvert, Nicole M.

  Crapule, le chat

  (Saute-mouton : 5)
  Pour les enfants de 6 ans.

  ISBN 2-89435-137-2

  I. Franson, Leanne. II. Titre.   III. Collection: Saute-
  mouton (Waterloo, Québec): 5.

PS8553.O467C72 2000   jC843'.54   C00-940741-3
PS9553.O467C72 2000
PZ26.3.B64Cr 2000

Révision linguistique: Monique Herbeuval
Conception graphique: Standish Communications
Infographie: Tecni-Chrome

La publication de cet ouvrage a été réalisée grâce au
soutien financier de la SODEC et du Conseil des Arts du
Canada. De plus, les Éditions Michel Quintin bénéficent de
l'aide financière du gouvernement du Canada par l'entremise
du Programme d'aide au développement de l'industrie de
l'édition (PADIÉ) pour leurs activités d'édition.

ISBN 2-89435-137-2
Dépôt légal - Bibliothèque nationale du Québec, 2000

© Copyright 2000
Éditions Michel Quintin
C.P. 340, Waterloo (Québec)
Canada J0E 2N0
Tél.:   (450) 539-3774
Téléc.: (450) 539-4905
Courriel: mquintin@mquintin.com

1 2 3 4 5 6 7 8 9 0 H L N 3 2 1 0
Imprimé au Canada

1

Parole de chat

Les enfants du village m'appellent Crapule.

C'est un vilain nom. Pourtant, je suis un joli chat.

Regarde-moi !

Vois-tu mon poil noir et luisant et ma tache blanche sur la hanche ?

Vois-tu mes yeux verts et pétillants et mes pattes coussinées, toutes griffes rentrées ?

Et tu as vu, bien sûr, mon oreille écorchée... mes flancs tout maigres...

Je suis quand même un joli chat, ne trouves-tu pas?

Mais j'ai un vilain nom.

Nom de nom! Pourquoi les enfants m'appellent-ils Crapule?

J'aimerais tant m'appeler Bijou, Froufrou, Chouchou, Nounou ou, tout simplement, Beau Minou. J'en rêve. Ces noms sont si doux. Et ma vie est si dure.

Tu comprends, je suis un chat errant. Un chat orphelin. Un chat sans petit garçon ni petite fille pour l'aimer.

J'erre. Sur la route et tous ses dangers.

Souvent, je n'ai rien à manger. Par-ci, par-là, parfois, je trouve un bout de gras, un os mal léché, quelques fourmis ou des araignées.

Tu sais, par-dessus tout, j'aimerais être un minou minouché, un minou cajolé, un minou flatté, peigné, brossé...

Ah! Quelle tristesse! Je fais les yeux doux mais pour rien du tout. Alors, je me promène, l'âme en peine.

Je maigris, je me flétris. Si cela continue, je deviendrai gris.

Où donc est celui qui sentira battre mon coeur d'or?

Où donc est celle qui devinera que je suis bon comme du bonbon?

Parole de chat! Quand je verrai venir ces deux-là, je ferai de beaux gros ronrons tout ronds.

2

Chat de terre

Et puis, par un beau soir d'été, sur la plage endormie, à l'heure où tous les chats sont gris, j'ai rencontré un ami. Tu l'as deviné. Il était gentil.

Il s'appelait Amour. Je le savais parce que sa femme a dit :

— Amour! Que tiens-tu là dans tes bras?

Il a répondu :

— Trésor ! Viens là ! J'ai trouvé un chat, tout maigre et presque tout noir.

Trésor est venue me voir. Moi, tout de suite, j'ai fait de beaux gros ronrons tout ronds.

— RonnnnnnnnnRonnnnnnnnn Brrrrrrrrrrrrrr...

Amour, couleur caramel, me caressait. Il me grattait le dos comme nul autre pareil.

Trésor, couleur chocolat, me chouchoutait. Elle sentait la fraise et la vanille. Je me régalais. Je passais des bras de l'un aux bras de l'autre ! Les yeux mi-clos, je jouais au chat qui dort.

Tout à coup, Trésor a dit :

« Amour ! Que dirais-tu si on faisait monter ce chat à bord ? »

J'ai frémi.

Ces deux-là étaient marins. Je reniflais leur air salin.

Foi de chat, je tremblais. Voulaient-ils vraiment m'emprisonner sur leur voilier ?

Moi, chat de terre, moi, chat qui erre, comment pourrais-je devenir un chat de mer?

Non, non, non, je ne pouvais pas.

Oui, oui, oui, je devais fuir.

Des quatre pattes et de tous mes muscles, j'ai poussé. J'ai boxé. J'ai miaulé. J'ai même mordillé la main qui me tenait. Je voulais qu'on me laisse tomber.

Soudain, Amour a dit :

— Voyons, Chat! Calme-toi! Viens à bord avec moi. J'ai un beau cadeau pour toi.

— Miaou???

Un cadeau? Quel genre de cadeau?

Méfiant comme un chat errant, j'ai tout de même cessé de gigoter pour écouter.

— Dans le carré du voilier, tu trouveras une belle platée de crevettes grillées. Qu'en dis-tu?

C'est mon ventre creux qui a répondu. Les crevettes, tu le sais, sont un mets de roi. Alors j'ai levé la tête et, dans mes

yeux, Trésor et Amour ont lu :
« Oui... emmenez-moi, oui...
embarquez-moi. »

3

Chat
de mer

En deux jours, mon petit bedon est devenu tout rond. J'aimais le voilier. Sur le pont, je me promenais. Au soleil, je me prélassais. Amour me bichonnait. Trésor me dorlotait. La houle me berçait. Les mouettes me parlaient et même la brise du sud me chatouillait.

C'était épatant! J'étais un
chat aimant et un chat aimé.
C'était décidé. Je voulais
naviguer.

Donc, un certain matin, le petit bateau a quitté la baie. Poussé par le vent, il voguait. Il tanguait. Il bougeait tant et tant que mon coeur de chat s'est soulevé. Je me suis roulé en boule. Je haïssais la houle. Les oreilles baissées, l'oeil éteint, je me suis traîné au fond du voilier.

Je ne savais plus si j'avais le mal de terre ou le mal de mer. Mais j'étais sûr d'avoir la nausée.

Heureusement, j'ai dormi. Je rêvais du paradis des chats, sans houle ni tracas.

Plus tard, Trésor est venue me secouer :

— Chat ! Réveille-toi ! Fini de paresser. Chat ! Le temps est venu de travailler.

— Quoi ? ai-je miaulé. Travailler !

Les yeux ronds, je l'ai regardée. Ne savait-elle pas que les jeunes comme moi ne devraient pas travailler ?

Je la fixais. Rien n'y faisait. Elle insistait.

— Chat ! Écoute-moi. Désormais, tu seras le Chef-chasseur de cafards et le Maître des fourmis, des souris et autres petits amis.

— Miaou !!?

Je me suis raidi. J'ai enfoui mes oreilles sous mes pattes. Elle a poursuivi :

— Tu dois chasser, Chat. C'est ton rôle à bord. Les souris et autres petits amis ne sont pas de vrais amis pour les petits bateaux.

J'ai fait mes yeux câlins. Sans effet. Trésor s'entêtait.

— Chat, tu chasseras. Parce que le rat grignote la coque de bois et que le voilier risque de couler. Parce que la souris vole notre riz avant même qu'il ne soit cuit. Parce que Dame Fourmi et ses petits grouillent dans notre farine et dans nos spaghettis.

J'ai sorti ma langue de chat. Elle ne comprenait pas. Je ne voulais pas bouger. Travailler? Non, merci. Jouer? Ah!... ça oui!

C'est alors que Trésor s'est penchée; puis, doucement, elle m'a embrassé.

Mmhhumm... Je ronronnais comme un bon.

«Bon! me suis-je dit. Bon, bon, bon! me suis-je redit. Trésor est si gentille et elle sent si bon. Elle veut que je chasse?... Je chasserai donc.»

J'ai soulevé mon arrière-train, étiré mes pattes, arrondi mon dos et longuement bâillé. J'étais d'attaque. J'ai bondi... dans les casseroles et les outils. J'ai fouillé... tous les coquerons et les garde-manger.

4

Rêve de chat

Cet après-midi-là, j'ai attrapé deux mouches engourdies et un papillon de nuit. Mon travail était fini.

Je flânais sur le pont. Trésor et Amour lisaient. Je m'ennuyais.

« La vie de chat de mer, me dis-je, c'est bien... mais avec un copain, ce serait mieux. Pourquoi n'y a-t-il pas un chaton à

taquiner; un chien à faire gro-
gner; une poule à effrayer; un
âne à faire braire ? Je n'ai même
pas un petit oiseau de mer à
croquer ! »

Je regardais le ciel. J'admirais la mer... La mer a compris mon ennui. Elle m'a présenté une amie. Une vraie. Une géante toute verte qui portait un manteau à petits carreaux. À fleur d'eau, elle flottait.

Sans penser plus loin que le bout de mon nez, j'ai sauté du voilier. J'ai nagé. Puis, j'ai grimpé sur sa vieille carapace.

De ses quatre grosses pattes, lentement Tortue verte avançait. Le soleil la guidait. Et moi avec elle, je flottais sur le grand océan...

Soudain, j'ai entendu un long cri. Mon petit coeur s'est ratatiné.

— Chat à la mer! hurlait Trésor. Chat à la mer!

Je ne comprenais pas pourquoi Trésor s'énervait. Sur le dos de ma tortue, n'étais-je pas en sécurité?

Trésor a ralenti le voilier. Amour a lancé une bouée.

Puis, comme un fou, il a sauté à l'eau. Il voulait me sauver.

Il disait :

— Chat ! Chat ! Ne bouge pas !
Je suis là.

Je voyais qu'il m'aimait ! Alors,
pourquoi ne me donnait-il pas un
joli nom ?

Oui, il m'aimait, mais ses yeux
bleus étaient tout de même
furieux.

J'avais peur... un peu. Je ne voulais pas lâcher ma tortue.

Fâché, Amour m'a saisi par la peau du cou. Il m'a tenu au-dessus des flots... puis hop! j'ai atterri sur le pont du bateau.

5

Nom d'un chat

Ouille! Ouille! Ouille! Oh, que je me suis fait gronder! Aïe! Aïe! Aïe!

— Méchant Chat! a dit Trésor. Pourquoi as-tu fait ça? Tu aurais pu te noyer!

J'ai baissé le nez. J'ai caché ma queue entre mes pattes.

— Vilain Chat! a ajouté Amour. Pourquoi t'es-tu sauvé?

Ne sais-tu pas que l'on t'aime?

— Miaou!

Mais comment leur expliquer à ces deux-là? S'ils ne jouent pas avec moi, avec qui vais-je jouer?

Et dis-moi, s'ils m'aiment autant que ça, pourquoi ne me donnent-ils pas un joli nom? Chat! Ce n'est pas un nom, Chat! J'ai miaulé.

— Fripouille! a dit l'un.

— Garnement! a dit l'autre.

— Chenapan! ont-ils répété.

— Miaou! Assez! Pourquoi me criez-vous des noms? Miaou!!!

— Tais-toi, Chat! a dit Trésor. Tu n'es qu'une... crapule!

Crapule! Non, non, pas ça! Mon coeur était blessé.

Qu'on me traite de garnement, de chenapan, de fripouille, je l'accepte. Mais Crapule, non. Non, non et non. Pas Crapule.

Et comme si le vent aussi avait entendu le vilain mot, il s'est mis à siffler.

D'un bond, Trésor et Amour se sont levés. Moi, je me suis recroquevillé.

— Le temps se gâte, a dit Amour.

Je n'ai pas remué. Trésor s'est approchée. Elle a glissé son doigt tout doux sur mon nez.

— Viens dans mes bras, Adorable Crapule. Je dois te mettre à l'abri.

Mes oreilles de chat ont vibré. Ai-je bien entendu ? A-t-elle dit « Adorable Crapule » ?

Je crois que oui. J'ai donc refait de gros ronrons tout ronds.

— RonRonRonRon...

C'était si bon. Trésor et Amour roucoulaient : « Belle petite Crapule, va ! »

J'aimais.

Depuis ce jour-là, je ne suis plus Crapule. Des trésors d'amour ont fait de moi une ADORABLE CRAPULE !

Cela change tout, du tout au tout.

Je suis un joli chat et, désormais, je porte un joli nom.

Que c'est bon ! Que c'est bon !

Table des matières

La collection SAUTE-MOUTON

Le mouton carnivore
Laurent Chabin

Éloïse et le cadeau des arbres
Maurice Therrien

Nardeau le petit renard
Michel Quintin

Nardeau chez Toubib Gatous
Michel Quintin

Crapule, le chat
Nicole M.-Boisvert

Germina a peur
Violaine Fortin